皮皮和爺爺

Lucy Kincaid 著

Eric Kincaid 繪

沈品攸 譯

三民書局

Grandpa and Me   ISBN 1 85854 778 4

Written by Lucy Kincaid and illustrated by Eric Kincaid

First published in 1989

Under the title Read to Me Stories

by Brimax Books Limited

4/5 Studlands Park Ind. Estate,

Newmarket, Suffolk, CB8 7AU

皮皮的禮物
Presents for Pipkin

rabbit [ˋræbɪt]
名 兔子

stay [ste]
動 住

live [lɪv]
動 居住

grass [græs]
名 草

lane [len]
名 小巷

Pipkin **Rabbit** is **staying** with his Grandma and Grandpa. They **live** in Long **Grass Lane**.

兔子皮皮和爺爺、奶奶一起住在長草巷。

dig [dɪg]
働 挖掘

potato [pə`teto]
名 馬鈴薯

patch [pætʃ]
名 小塊土地

Grandpa is **digging** the **potato patch**.
Pipkin is helping.

爺爺正在挖馬鈴薯田。
皮皮在旁邊幫忙。

take off
脫掉

hold [hold]
動 拿，握

randpa is hot. He **takes off** his hat.
"I can **hold** it for you, Grandpa," says Pipkin.

爺爺覺得很熱，便脫掉了帽子。
「我可以幫您拿帽子！爺爺。」皮皮說。

Pipkin **puts** the hat **on**. It is too big. He can see his **toes** but that is all.

皮皮戴上了帽子，可是帽子太大，結果皮皮除了自己的腳趾頭之外，什麼都看不到。

shovel [ˈʃʌvl̩]
名 鏟子

heavy [ˈhɛvɪ]
形 重的

fall over
跌倒

ow Pipkin tries to dig with Grandpa's **shovel**.
It is too **heavy**. He **falls over**.

現ㄒㄧㄢˋ在ㄗㄞˋ，皮ㄆㄧˊ皮ㄆㄧˊ拿ㄋㄚˊ了ㄌㄜ˙爺ㄧㄝˊ爺ㄧㄝˊ的ㄌㄜ˙鏟ㄔㄢˇ子ㄗˇ，也ㄧㄝˇ想ㄒㄧㄤˇ要ㄧㄠˋ來ㄌㄞˊ挖ㄨㄚ挖ㄨㄚ看ㄎㄢˋ。
可ㄎㄜˇ是ㄕˋ鏟ㄔㄢˇ子ㄗˇ太ㄊㄞˋ重ㄓㄨㄥˋ，害ㄏㄞˋ他ㄊㄚ跌ㄉㄧㄝ了ㄌㄜ˙一ㄧˋ跤ㄐㄧㄠ。

surprise [sə`praɪz]
名 驚喜

give [gɪv]
動 給

package [`pækɪdʒ]
名 包裹

Grandma and Grandpa have a **surprise**.
They **give** Pipkin two **packages**.

爺爺和奶奶有個驚喜。
他們送給皮皮兩個包裹。

7

There is a hat **inside** one package.
There is a shovel inside the **other** package.

一個包裹裡面有一頂帽子，另外一個包裹裡面有一把鏟子。

look [lʊk]
働 看

look like
看起來像…

laugh [læf]
働 笑

"Grandpa **looks like** a big Pipkin and Pipkin looks like a little Grandpa," **laughs** Grandma.

「爺爺看起來像個大皮皮；皮皮看起來像個小爺爺呢！」奶奶笑著說。

clear [klɪr]
動 清除

weed [wid]
名 雜草

bed [bɛd]
名 花圃

"Where shall I dig?" asks Pipkin.

"You can **clear** the **weeds** from Grandma's flower **bed**," says Grandpa.

10

「我要挖哪兒呀？」皮皮問。

「你可以去清奶奶花圃裡的雜草啊！」爺爺說。

busy [ˋbɪzɪ]
形 忙的

watch [watʃ]
動 看，注意

Grandpa is **busy**. He does not **watch** what Pipkin is doing. Pipkin is busy too.

爺ㄧㄝˊ爺ㄧㄝˊ正ㄓㄥˋ在ㄗㄞˋ忙ㄇㄤˊ，他ㄊㄚ沒ㄇㄟˊ有ㄧㄡˇ注ㄓㄨˋ意ㄧˋ到ㄉㄠˋ皮ㄆㄧˊ皮ㄆㄧˊ在ㄗㄞˋ做ㄗㄨㄛˋ什ㄕˊ麼ㄇㄜ。皮ㄆㄧˊ皮ㄆㄧˊ也ㄧㄝˇ好ㄏㄠˇ忙ㄇㄤˊ喲ㄧㄡ！

eeds and flowers look the same to Pipkin.
He digs them all up.

對ㄉㄨㄟˋ皮ㄆㄧˊ皮ㄆㄧˊ來ㄌㄞˊ說ㄕㄨㄛ，雜ㄗㄚˊ草ㄘㄠˇ和ㄏㄜˊ花ㄏㄨㄚ兒ㄦ看ㄎㄢˋ起ㄑㄧˇ來ㄌㄞˊ是ㄕˋ一ㄧ樣ㄧㄤˋ的ㄉㄜ˙。
於ㄩˊ是ㄕˋ，他ㄊㄚ把ㄅㄚˇ它ㄊㄚ們ㄇㄣ˙通ㄊㄨㄥ通ㄊㄨㄥ挖ㄨㄚ了ㄌㄜ˙起ㄑㄧˇ來ㄌㄞˊ。

"h dear!" says Grandpa, when he sees what Pipkin has done.

「哎ㄞˇ呀ㄧㄚ！」爺ㄧㄝˊ爺ㄧㄝ˙看ㄎㄢˋ到ㄉㄠˋ皮ㄆㄧˊ皮ㄆㄧˊ做ㄗㄨㄛˋ的ㄉㄜ˙好ㄏㄠˇ事ㄕˋ，大ㄉㄚˋ叫ㄐㄧㄠˋ一ㄧˋ聲ㄕㄥ。

13

sob [sɑb]
動 啜泣

dry [draɪ]
動 擦乾

tear [tɪr]
名 眼淚

"I was trying to help," **sobs** Pipkin.
"I know," says Grandpa, **drying** Pipkin's **tears**.

「我ㄨㄛˇ不ㄅㄨˋ是ㄕˋ故ㄍㄨˋ意ㄧˋ的ㄉㄜ˙。」皮ㄆㄧˊ皮ㄆㄧˊ啜ㄔㄨㄛˋ泣ㄑㄧˋ著ㄓㄜ˙說ㄕㄨㄛ。
「我ㄨㄛˇ知ㄓ道ㄉㄠˋ啊ㄚ˙！」爺ㄧㄝˊ爺ㄧㄝˊ邊ㄅㄧㄢ說ㄕㄨㄛ，邊ㄅㄧㄢ擦ㄘㄚ乾ㄍㄢ皮ㄆㄧˊ皮ㄆㄧˊ的ㄉㄜ˙眼ㄧㄢˇ淚ㄌㄟˋ。

14

sort out
區分

belong [bəˋlɔŋ]
動 屬於

Grandpa **sorts out** the flowers and the weeds.
He puts the flowers back where they **belong**.

爺爺把花兒和雜草分開來，把花兒種回原來
的地方。

15

The flower bed is full of flowers **again** but it is full
of **footprints** too.

花￼園￼又￼有￼滿￼滿￼的￼花￼兒￼了￼，不￼過￼也￼有￼滿￼滿￼的￼腳￼
印￼！

16

let [lɛt]
動 讓…

e must clear those footprints away," says Grandpa. Grandpa **lets** Pipkin do it.

「我ㄨㄛˇ們ㄇㄣ˙得ㄉㄟˇ把ㄅㄚˇ這ㄓㄜˋ些ㄒㄧㄝ腳ㄐㄧㄠˇ印ㄧㄣˋ弄ㄋㄨㄥˋ掉ㄉㄧㄠˋ喔ㄛ˙！」爺ㄧㄝˊ爺ㄧㄝˊ說ㄕㄨㄛ。
爺ㄧㄝˊ爺ㄧㄝˊ讓ㄖㄤˋ皮ㄆㄧˊ皮ㄆㄧˊ來ㄌㄞˊ做ㄗㄨㄛˋ。

17

hide [haɪd]
動 躲藏

All the footprints are gone. Pipkin sees Grandma coming. He **hides** in the long grass.

腳印全都不見了。皮皮看見奶奶走了過來，便躲到長草堆裡頭。

tell [tɛl]
勔 告訴

happen [`hæpən]
勔 發生

call [kɔl]
勔 叫喚

Grandpa **tells** Grandma what has **happened**.
"Oh dear!" says Grandma. She **calls** Pipkin.

爺﹍爺﹍告﹍訴﹍奶﹍奶﹍發﹍生﹍了﹍什﹍麼﹍事﹍情﹍，奶﹍奶﹍「哎﹍呀﹍！」
一﹍聲﹍。她﹍叫﹍喚﹍著﹍皮﹍皮﹍。

keep [kip]
動 保留

"**I** am sorry, Grandma," says Pipkin.
"Please let me **keep** my shovel."

「對ㄉㄨㄟˋ不ㄅㄨˋ起ㄑㄧˇ啦ㄌㄚ！奶ㄋㄞˇ奶ㄋㄞˇ。」皮ㄆㄧˊ皮ㄆㄧˊ說ㄕㄨㄛ。

「讓ㄖㄤˋ我ㄨㄛˇ留ㄌㄧㄡˊ著ㄓㄜ˙這ㄓㄜˋ把ㄅㄚˇ鏟ㄔㄢˇ子ㄗ˙，好ㄏㄠˇ不ㄅㄨˋ好ㄏㄠˇ？」

of course
當然

happy [ˋhæpɪ]
形 高興的

kiss [kɪs]
名 吻

" f course you can," says Grandma. Pipkin is
happy now. He gives Grandma a big **kiss**.

「當ㄉㄤ然ㄖㄢˊ可ㄎㄜˇ以ㄧˇ囉ㄌㄡ！」奶ㄋㄞˇ奶ㄋㄞˇ說ㄕㄨㄛ。皮ㄆㄧˊ皮ㄆㄧˊ現ㄒㄧㄢˋ在ㄗㄞˋ可ㄎㄜˇ高ㄍㄠ興ㄒㄧㄥ了ㄌㄜˇ。
他ㄊㄚ還ㄏㄞˊ給ㄍㄟˇ了ㄌㄜˇ奶ㄋㄞˇ奶ㄋㄞˇ一ㄧˊ個ㄍㄜˋ大ㄉㄚˋ大ㄉㄚˋ的ㄉㄜˇ吻ㄨㄣˇ呢ㄋㄜˇ！

救難小福星

Heather S Buchanan著　本局編輯部編譯

15×16cm／精裝／6冊

在金鳳花地這個地方，住著六個好朋友：兔子魯波、蝙蝠貝索、老鼠妙莉、
鼴鼠莫力、松鼠史康波、刺蝟韓莉，
他們遇上了什麼麻煩事？要如何解決難題呢？
好多好多精采有趣的歷險記，還有甜蜜溫馨的小插曲，
就讓這六隻可愛的小動物來告訴你吧！

 魯波的超級生日

 莫力的大災難

 貝索的紅睡襪

 史康波的披薩

 妙莉的大逃亡

 韓莉的感冒

老鼠妙莉被困在牛奶瓶了！糟糕的是，她只能在瓶
子裡，看著朋友一個個經過卻沒發現她。有誰會來
救她呢？

（摘自《妙莉的大逃亡》）

網際網路位址　http : // www. sanmin. com. tw

Ⓒ 皮皮的禮物

著作人　Lucy Kincaid
繪圖者　Eric Kincaid
譯　者　沈品攸
發行人　劉振強
著作財　三民書局股份有限公司
產權人
　　　　臺北市復興北路三八六號
發行所　三民書局股份有限公司
　　　　地址 / 臺北市復興北路三八六號
　　　　電話 / 二五〇〇六六〇〇
　　　　郵撥 / 〇〇〇九九九八——五號
印刷所　三民書局股份有限公司
門市部　復北店 / 臺北市復興北路三八六號
　　　　重南店 / 臺北市重慶南路一段六十一號
初　版　中華民國八十八年十一月
編　號　S85524
定　價　新臺幣壹佰柒拾元整
行政院新聞局登記證局版臺業字第〇二〇〇號

有著作權，不准侵害

ISBN　957-14-3071-4 (精裝)